童話旅人團

智鬥豬兄弟

③

一樹 著　　雅仁 繪

目錄

旅人們，出發！

翰修

聰明機智、沉默寡言，常常冷着一張臉，為了找回失蹤的妹妹歌麗德而展開旅程。

小紅帽

頭腦簡單的開朗少女，旅人團裏的打鬥擔當。伙拍傑黑旅行，尋找醫治人狼症的方法。

傑黑

擁有大量不同技能的證書，待人溫文親切，患有人狼症，一打噴嚏就會變成可怕的人狼。

1. 困於稻草房間

翰修睜開眼皮。

「這裏是哪裏？」他一面想，一面爬起身。

翰修此際身處在一間 **暗不見天的密室**。

他的兩側分別躺了伙伴小紅帽和傑黑。

除了他們以外，房間還有一隻**豚鼠**、一隻**小豬**、一個**男子**和一隻**相思鳥**。七人排列成一個圈子，躺在地上。圈子中心放了**七塊夜光石**，

以及一把**木梯**。

翰修凝望着相思鳥等人。他**不認識**他們，也不曉得他跟小紅帽、傑黑怎麼會在這裏。他記得他們本來在一家旅館投宿，一覺醒來就**身處異地**。

「有誰在晚上把我們抓了起來。」翰修想，撿起夜光石，檢視他所在的密室。

那是個圓形的房間，由黑色的石頭建造，空間不是太大，直徑約莫八米。

地面鋪了一些稻草，除此以外什麼都沒有。

巡視完畢後，翰修回去原位。

要弄清楚目前的狀況，只能等其他人也醒來⋯⋯

「現在是幾點？」

翰修剛這樣想，小紅帽便睡眼惺忪地爬起來。

「有事發生了⋯⋯」翰修説。

「還未有早餐吃嗎？那我再睡一會了。」可是小紅帽糊里糊塗道，轉眼又倒頭大睡。

翰修的拳頭現起大大的青筋。

碰！

「哇！」小紅帽感到一下痛楚，驚醒過來，「翰修，怎麼我的頭會有個腫包？」

「我不知道哩。」

接着其他人也相繼醒來。

「呀！我的裙子弄髒了！」相思鳥說。

「這種污漬可以用蘇打水清洗，沒有問題呢。」小豬說。

「好想喝杯咖啡啊。」
豚鼠打哈欠道。

「你的樣子這麼可愛，怎麼聲音會是個**大男人**?」
相思鳥意外道。

「我就是個大男人，不行嗎？」豚鼠說。

「大家好！」男子開朗地向大家打招呼。

翰修的外套滑了下來。

他們全是**小紅帽的**翻版，遲鈍得不得了……

「這是什麼一回事，我們怎麼會關在這裏？」傑黑大嚷道。

「終於有個 正常的反應 了。」翰修說。

翰修、小紅帽、傑黑、豚鼠、小豬、男子、相思鳥都清醒過來。他們的「 逃生遊戲 」也正式開始。

七人在稻草房間 **高聲叫喊**，但沒有任何回應。

大家圍坐起來，討論現下的情況。因為夜光石的關係，就像進行 **某種儀式**一般。

除了翰修、小紅帽、傑黑以外，沒有人是互相認識的。

七人顯然是被人抓住了，只是犯人的目的是什麼？

「應該是**人口販子**把我們抓起來吧。」傑黑推測。不少不法之徒會做這種事，把人賣去做奴隸。

「真的嗎？」名叫米莎的相思鳥**害怕地**按着喙子說。

「這是最大的可能，只是有兩個問題。」翰修說，拿起掉在稻草裏的繩子，並展示手腕上的**綑綁痕迹**，「第一，禁錮者曾經把我們綑起來，但後來鬆綁了；第二，他（或他們）為我們提供了夜光石照明。他為什麼要做這些事？我覺得很不合理，簡直像為我們創造機會，逃出稻草房間。」

　　沒有人能回答翰修的疑問。禁錮者沒有理由協助他們，這完全是**自相**矛盾。

　　「要弄懂目前的處境，就必須互相合作，分享情報。」翰修看看各人，「請你們告訴我，你們是怎樣被抓的？」

　　「我們幹嗎要聊這種事？」豚鼠堅尼插話，「現在最重要是**逃走**吧？禁錮者似乎不怎麼

11

理會我們，我們應該 **趁機溜走** 才對呀。」

「對。」小豬柏基、男子費士文附和道。

「好，那大家找出口離開吧。」翰修說。

於是堅尼、柏基、費士文、米莎站起來，拿着夜光石 **尋找出口** 。

「你的聲音跟長相真的很不搭。」米莎對堅尼說，露出 不舒服的表情 。

「真是抱歉呢！」堅尼晦氣道。

傑黑以肘子撞一撞翰修。

「剛才我看了一下周圍，好像沒有看到出口啊。」

「沒錯。」

翰修早就檢查過牆壁，連一個 **小孔** 也找不到。

「那你怎麼不告訴他們這件事？」小紅帽問他。

「因為堅尼很 **討厭**，我不想告訴他。」

「你好小器呢。」小紅帽、傑黑説。

2. 豬兄弟的罪行

過了片刻。

「怎麼會沒有出口的？」堅尼 **急躁** 地道，停止了搜尋。

柏基、米莎也都住了手。只有費士文沒有放棄。

「我認為發生在我們身上的事，不是那麼簡單，只有把事情弄明白，才有法子 **逃出生天**。」

翰修對他們説，「而綠索或許在大家被抓的過程裏。」

四人互看一眼，不再找出口了，陸續説出被抓的經過。

堅尼是個會計師，平日喜歡遠足。

「周末的時候，我像平常那樣去 遠足 。走進一片林子後，突然有人從後襲擊我，用手帕搗住我的鼻子。之後我就 **失去知覺** 了。」

那條手帕明顯灑了迷藥，把堅尼 迷暈 了。

15

「我的情況跟你有點像。」柏基説，他是個十多歲的少年，「因為媽媽説我**長大了**，該自立搬出去，所以我走了去找工作。後來有個男人説能介紹我工作，讓我去一個偏僻的地方，之後跟堅尼一樣，有人在我背後弄暈我。」

「那個介紹你工作的人長怎樣？」翰修問。那人 百分百 與事件有關。

「我不知道啊，他用**頸巾**把臉蓋住了。」柏基聳聳肩。

「你是豬頭嗎，那樣可疑的人，你也聽他的？」傑黑禁不住説。

「我的確是豬呀。」

傑黑的眼鏡一滑。

「我是捕魚的。」費士文皮膚黝黑，體格壯健，一看就知道從事戶外工作，「那天我一個人出海，看見一艘船，竟然沒有人駕駛。於是我爬了上船，想看個究竟。結果有人溜到我後面，把我打暈了。」

「那艘船看來是陷阱，故意裝成沒有人的樣子，引誘人進去。」傑黑扶一扶眼鏡。

17

聽了堅尼、柏基、費士文的經歷，都沒有什麼線索。

翰修望向米莎，她的年紀與柏基相約。

四人之中，他最想聽的其實是她的遭遇。

「我是在買衣服時被抓的。」米莎徐徐道，「當時我為了買裙子參加舞會，去了一家服裝店。我挑了幾條裙子，進入試身室。過了不久，我感到腦袋怪怪的，之後就暈了過去。」

犯人應是把 **迷煙** 灌進試身室，讓她暈倒，然後帶走。

「你是在服裝店消失的那個少女啊？」堅尼說。

因為米莎的失蹤很 **特別**，所以成了萊因城——她所居住的城市——的話題。很多女孩因此不敢在服裝店試衣服，怕有相同的遭遇。

「你也知道消失少女的事？」費士文呆了一呆，看着堅尼。

「那是萊因城這陣子 **最大的新聞**，誰不知道？」

「所以你也是萊因城人嗎？」柏基對堅尼説。

「對呀，你也是嗎？」

「嗯。」

堅尼、柏基、費士文、米莎一臉驚訝，原來他們都是 **萊因城人**。

翰修舉起夜光石。

「所以這是發生在萊因城的 連環擄人案 。」他照一照幾個受害人，「雖然我們不是萊因城人，但也是在萊因城被抓。」

事緣幾天前，翰修、小紅帽、傑黑途經萊因城，聽説了米莎**失蹤**的事。案件令翰修想起同樣失蹤了的妹妹，他覺得兩者也許有什麼關聯，於是他跟小紅帽、傑黑留了下來，進行調查。怎料到犯人趁他們在**旅館**休息時，悄悄帶走他們……

因此翰修特別關注米莎。當翰修、小紅帽、傑黑第一眼看到米莎時，就想到她可能是試身室**失蹤案**的主角，只是他們都不動聲息。

「原來我的失蹤引起了軒然大波，真是不好意思。」米莎**洋洋得意**地説。

「你完全是在沾沾自喜，不覺得你不好意思。」傑黑説。

大家現在總算比較了解發生什麼事了。排出各人被抓的先後次序，順序為米莎、堅尼、柏

基、旅人團、費士文。

翰修作出總結：「有人先後把我們抓起來，目的大概是賣去做奴隸。其間對方不斷用藥，令我們 **昏迷不醒**，直至這一刻。」

這個結論其實有不少漏洞，像犯人為何突然停止用藥，讓他們 **恢復意識**。還有翰修之前提到的兩個問題：對方不但解開了綑着他們的繩子，還替他們準備了夜光石照明。

然而，目前來說，沒有人想到 更合理 更合的推論。

「另外，由於犯人的目標都是萊因城人，我懷疑他

（或他們）也是**當地人**。」翰修輪流看着堅尼、柏基、費士文、米莎，「而且我和小紅帽、傑黑的調查很有可能*很接近真相*，因此犯人才會動手對付我們。」

調查米莎的失蹤案時，翰修思疑犯人是在萊因城臭名遠播的「豬兄弟」。只是他暫時不想透露太多資料，他打算晚點再跟米莎談一談。

「好了，我們大致掌握了現在的狀況。」堅尼又插嘴，「那麼這件事怎樣幫助我們離開呢，**聰明絕頂**的翰修先生？」他的語氣充滿了嘲諷的味道。

剛剛翰修表示整理清楚他們的處境有助逃跑，於是堅尼**嘲笑**他一點幫助也沒有。

稻草房間找不到出口的事實並沒有改變。

「我要進行一樁 **完美的罪案**，解決一個可惡的傢伙……」翰修喃喃自語，想出一個又一個邪惡的詭計。

「你要不要我幫忙？老實說我也看堅尼 **不順眼**。」小紅帽説。

「你們不要這樣啦！」傑黑扯住他們。

「不要理會那個翰修，我們想辦法**破壞**這個密室吧。」堅尼對柏基、費士文、米莎説。

「密室殺人怎麼樣，小紅帽？」翰修説。

「贊成！」

「喂！」傑黑説。

有能力破壞房間的只有費士文——柏基、米莎年紀都還小，沒有什麼力氣，堅尼則**手無縛雞之力**。費士文執起房間唯一的工具——木梯，猛力敲打牆壁。

然而牆壁實在是太堅硬了，一道裂縫也沒有，反倒是木梯「啪」一聲折斷了。

「唉。」堅尼閉上眼睛，拍拍自己的額頭。

「我們也出一分力吧。」傑黑對翰修、小紅帽說，「畢竟所有人現在 同坐一條船 。」

翰修呼一口氣。

「小紅帽，你看看能不能**打破牆壁**。不過我不認為有用就是了。」

「好的。」小紅帽一下子跳到堅尼、柏基、米

25

莎、費士文那裏去，自背脊抽出一柄 **大鐵錘**。

「哪裏來的鐵錘？」四人驚呼道。

小紅帽搖搖指頭。

「你們的  還不夠，要再熱烈一點。

我數三二一，你們一起大喊『小紅帽』。」她把錘

子指向他們。

「骨嘟。」四人同時嚥一下口水。

「三、二、一！」小紅帽舉拳大叫。

「*小紅帽！*」他們忙不迭道。

「三、二、一！」

「*小紅帽！*」

「我感到充滿力量呢。」小紅帽自信一笑，握

緊錘柄，揮動錘子。

鐺！

　　錘子使勁的撞擊牆壁，發出響亮的聲響。

　　「哈哈，牆壁太硬了，**我打不破。**」小紅
帽摸一下後腦杓。

　　「那你剛才**自信滿滿**個什麼勁？」堅尼、
柏基、費士文、米莎一同摔倒。

　　沒有人察覺，牆上其實出現了一道**細微的
裂痕。**

　　只是這不是一件好事。

3. 迫於眉睫

稻草房間一定有出入口（不然犯人怎樣把大家關進去？），可是就是找不出來。

翰修抱臂思索，嘗試**解開困境**。

他盯着斷掉了的木梯。

「這裏為什麼會有**梯子**?」

稻草房間什麼都沒有，就只有一把梯子，不可能沒有意義。

「梯子是用來爬的……」他不期然仰起頭，「咦！？」

赫然瞧見，天花板竟然畫了個井字遊戲！

翰修馬上叫喚其他人。

「我認為天花板有古怪，出口可能在上面。我們應該檢查一下。」

奈何木梯給費士文砸壞了，無法使用。

「真是不幸啊。」費士文説。

「還不是你造成的！」傑黑説。

「怎麼辦，那豈不是不能檢查天花板嗎？」米莎苦惱道。

其他人不約而同望着她。

「怎麼了？」

「你是雀鳥呀，不是會飛嗎？」翰修説。

30

「對啊。」米
莎敲敲她的腦袋，
「我經常忘記
自己會飛。」

傑黑覺得他要
吐血了。

天花板高兩米多，米莎**輕輕鬆鬆**就飛了上去。她一面叼着夜光石，一面查看有沒有出口。

「唔……」不一會好像發現了什麼。

她急忙飛回地面，放下石頭匯報。

「天花板的中心有個孔洞。」米莎比比上方，「那應該是**匙孔**。」

這表示天花板有扇暗門！出口設在那裏，難怪找不到了！

眾人無不表現出**振奮**的神色。

「大家到處找找，看看有沒有鑰匙。」翰修說。

「你覺得房間會有**鑰匙**?」傑黑問。

「對。」

雖然不知道原因，但犯人給予了他們**工具**（夜光石、木梯）跟 **提示**（井字遊戲），讓他們逃離稻草房間。按此推理，房間應該還可以找到鑰匙。

「咦，**地板怎麼會有水？**」柏基説。

低頭一看，地面果然囤積了一層水。水位處於大部分人的腳踝下。

由於大家沉醉於**雀躍**的心情，一時間沒有留意。

「這些水是從這裏流進來的。」費士文指着牆上的一道**細紋**，流水涓涓而下。細紋是小紅帽剛才打擊出來的。

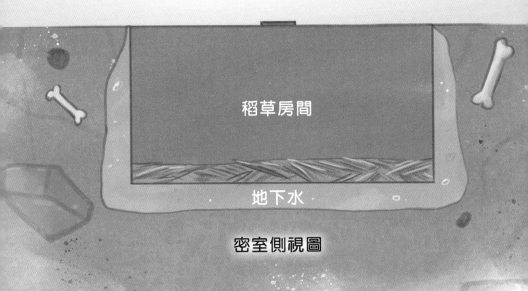

稻草房間

地下水

密室側視圖

「看來這是 **地窖**，而這些水是地下水。」翰

修猜測道。

「看你幹了什麼好事！」堅尼責怪小紅帽，

「這下子我們要淹死了！」

「我只是照你所說 **破壞牆壁** 呀，要怪就

怪你自己！」小紅帽反駁他。

說話期間，水位又上升了一些。他們身在密室，而水位又 **不斷上升** ，情況確實不妙。

「現在不是吵架的時候。」翰修叫住兩人。他們幼稚的互做 **鬼臉** ，傑黑無可奈何的分開他們。「我們還有時間，只要趕快找到鑰匙，仍然可以逃命。」

「沒錯。」柏基、費士文、米莎點點頭。

大伙兒匆匆彎下腰來，尋找 **鑰匙** 。稻草房間的積水愈來愈多，稻草都浮了起來。

然而，找了半晌，什麼都找不到。

「 **我們完蛋了！** 」堅尼驚慌道。他跟米莎個子比較矮，水位已到他們的胸部。

「房間每個角落都找過了，鑰匙還會藏在哪裏？」翰修心裏道，「抑或我搞錯了，這裏根本沒

有鑰匙？」

看看小紅帽，居然正在拿着 水槍玩水，一點也不緊張。

「你可不可以 認真 一點？」傑黑、堅尼説。

「小紅帽到底收藏了多少東西？」翰修望着她的水槍苦笑——

突然獲得了 靈感 。

「有個地方我們還沒有找過！」翰修説，其餘的人看着他，「鑰匙可能藏在我們自己身上，大家 翻翻看 ！」

這個設想叫人意想不到，大家發出「咦」的一聲。

不過，細想的話，也不無可能，他們按翰修説的翻找自己的衣服。

　　小紅帽自身上揪出各式各樣的**雜物**，包括皮球、魚缸、鞋子等。

　　「是要開**雜貨店**嗎？」傑黑啼笑皆非。

　　不久，積水升到稻草房間的一半高度，大家必須划動手腳**浮游**。

　　「我找到了，鑰匙在我的褲袋裏！」柏基說，高高舉起一把鑰匙。

37

碰了那麼多釘子，終於有 **好消息** 。這意味着他們能夠離開，而且時間相當充裕。

「慢着，鑰匙怎麼會在你那裏？」堅尼以懷疑的眼神瞪着柏基，「難道你是 **犯人** 嗎？」

「不，我不是犯人！」柏基慌張的搖手，「我也不知道鑰匙為什麼會在我的褲袋裏，請你們相信我！」

米莎見他那麼可憐，替他說話。

「我想柏基是無辜的。犯人何必 **多此一舉** ，跟我們待在一起呢？」

「對。」費士文同意道，「退一步說，即使犯人混了進來，也不會 **笨** 到把鑰匙放在自己身上。」

「哼。」堅尼不再說什麼。

「謝謝你們。」柏基向米莎、費士文道謝。

「好了，閒聊夠了。」翰修**不耐煩**道，對米莎說：「快拿鑰匙去開門吧。」

「枉你有副英俊的長相，性格卻這麼**糟糕**。」米莎說完，接下柏基的鑰匙，爬到費士文的頭上。

「哈哈，你被**嫌棄**了。」小紅帽取笑翰修。

「哼。」

接着米莎咬着鑰匙，飛去天花板開鎖。

咔嚓！

眾人聽到清脆的開鎖聲，門鎖順利解開。

「很好。」翰修說。原本他還有點擔心，鑰匙跟門鎖不配。

「你怎麼不開門？」傑黑見米莎久久沒有動作，發問道。

「這扇門 沒有門柄 。」她回頭道，「我沒有辦法打開。」

好不容易找到暗門，然後也把鎖解開想了，想不到，隨之而來是另一個 難題 ——暗門沒有門柄，無法拉開。

「暗門會不會其實是推開的？」傑黑問了個

愚蠢的問題。

「不，我確定是拉的。」米莎説。

稻草房間已有超過三分之二空間注了水，七

人幾乎可以碰到天花板。

積水這麼多也不是沒有好處，

拜水位夠高所賜，即使木梯壞

了，他們也可以**穿過暗門**。

但前提是，他們能想出

方法，把門拉開。

這時，水面冒出一

個個　泡　泡，接

着小紅帽浮起來。

「不行，那道**裂紋**堵不了。」她對翰修説。

原來剛才翰修叫她潛下水裏，試一試把進水處堵塞，可惜辦不到。

「現在如何是好？」堅尼害怕地道。柏基、費士文、米莎也**驚恐不已**。

「翰修。」小紅帽、傑黑望着他。

翰修一聲不吭，陷入沉思。

「事情説不過去，犯人怎會只給我們鑰匙，而不留下**開門的用具**？」

時間不停過去，水位逼近天花板，跟天花板只隔了一隻巴掌的距離。

各人不得不仰起頭來，令嘴鼻保持在水面上。

翰修認為犯人肯定也留下了**門柄**之類的

東西。

「但在尋找鑰匙時，並沒有看到那樣的物件。」翰修思考着，「怎麼會這樣？」

他回想一遍之前發生的事。

「我怎麼會沒有注意……」他有所發現，「那東西一直在我們眼前！」

這時水位與天花板相隔不到十厘米，能夠 **呼吸的空間** 極之有限。堅尼、柏基、費士文、米莎都亂了手腳，大叫大嚷。

「小紅帽，快點 *潛進水底*。」翰修趕緊吩咐她，並告訴她門柄藏在哪裏。

小紅帽立刻行動，潛到水底。

時間無多，再不拿到工具開門的話，就不堪設想了。

在水裏，小紅帽抓着夜光石，**金睛火眼**，尋找翰修要她找的物件。

「在那裏。」她看到目標，朝那東西游去。

那是她的 **鐵錘**，因為重量的關係，沉了在稻草房間的底部。

游到錘子的位置，果然，就像翰修説的那樣，上面附了一隻 **門柄**。

小紅帽想起翰修對她説的話：「犯人分別把鑰匙、門柄放了在柏基跟你那裏，但因為門柄藏有 **強力的磁石**，吸了在你的錘子上，令大家沒有發覺。」

　　翰修真是**觀察**入微呢，小紅帽一邊想，一邊把門柄扯脫。

　　門柄的磁力很強，她好不容易才拔起來。接着她以 *最快的速度* 游回水面，把東西交給翰修。

　　與此同時，稻草房間也注滿了水，所有人不得不屏住呼吸。

46

翰修第一時間把門柄貼在暗門上。暗門的夾心是鐵板，兩者因此**緊緊的**貼在一起。之後他握住門柄，拉開暗門——

出口隨之出現。在大伙兒的眼中，那個門口彷彿在 **發光**。

他們成功通過「遊戲」第一階段。接下來是**第二階段**。

4. 進入木房間

　　翰修、小紅帽、傑黑、堅尼、柏基、費士文、米莎——爬出稻草房間，一顆顆 **水珠** 從他們的身體滴下來。

　　有好一段時間，沒有一個人作聲。每個人都忙着 **大口喘氣**。

　　原來呼吸是這麼美妙的事，他們有感而發。

　　傑黑差點沒要 **噴嚏**，幸好他忍住

48

了。這種時候變作**人狼**，可是會很麻煩呢。

過了良久，大家才鎮定心神，拿起夜光石，打量周遭的環境。

「**什麼東西？**」傑黑張大嘴巴，抹一抹眼鏡。

稻草房間上面不是戶外，而是另一個房間。令人瞠目結舌的是，整個房間是**上下**顛倒的！

「我們倒轉了！」小紅帽説。

「是房間倒轉了。」傑黑更正她。

房間是木造的，佈置成**書房**那樣，面積比稻草房間大一倍；一面牆壁有壁爐，而其餘三面都是書架；牆上有幾口窗，關了窗門，它們只不過是**裝飾**，打不開來的；設了壁爐的那面牆掛了多幅畫，有風景畫、人物畫，多不勝數。

天花板和地板距離起碼有五米，掛了幾盞

吊燈；地板鋪了地氈，放了多張桌子、梳化、椅子，還有幾支座地燈。

房間攔腰架了一條步道，**環繞**四周，把空間分為上下兩層；一把梯子擺在角落，接駁步道與地下。

一切佈置都很正常，除了一點以外——整個房間是**上下反轉**的，地板、桌子、椅子等在上面，天花板、吊燈等在下面。

翰修繞過一盞吊燈，走去觸摸某幅掛畫。

「掛畫釘死在牆上。」他心裏道，抬頭觀看頭上的桌子、椅子、座地燈，「那些家具應該也是釘死了的。」

每個人都有相同的疑問——

為何房間要設計成這樣？

七人的處境沒有太大變化，只是從稻草房間轉移到木房間。

「到底有完沒完？」堅尼**發牢騷**道。

唯一慶幸的是，他們沒有碰到犯人，毋需動武。

眾人再次 **尋找出口**，翰修、小紅帽、傑黑、堅尼、柏基、費士文找木房間下方，米莎找上方。

「但我怎樣上去？」收到任務後，米莎仰頭道。

「**你可以飛呀！**」傑黑說。

「對啊。」

米莎又忘了她會飛了⋯⋯

翰修、小紅帽、傑黑、檢查掛着掛畫的牆壁。

52

「對了，關於我們的狀況，我有個想法。」傑黑説着，托一托眼鏡。鏡片反射了 夜光石 的光芒。

「啊？」翰修説。

「我在想，整件事説不定是個遊戲。我們面對的一切，**是犯人安排的**

遊戲。」傑黑提出他的

見解，「犯人把我們抓

過來，不是為了賣去做

奴隸，而是參加他這個

遊戲。」

「什麼意思？」小紅帽聽不明白。

「他的意思是，我們一直受犯人愚弄，玩他安排的遊戲。」翰修說明道，「第一關是**稻草房間**，第二關是**木房間**。」

「沒錯。這解釋了，為什麼犯人要給我們夜光石、梯子，因為那是遊戲一部分。正如角色扮演遊戲有寶箱、道具。」傑黑說。

「很有趣的構想。只是**大費周章**做這種事，有什麼意義？讓我們玩遊戲有什麼得益？」翰修指出問題道。

「呃……」傑黑答不上來，「或者犯人是狂熱的**遊戲愛好者**，喜歡強迫人玩遊戲？」

「世上哪有這麼野蠻的人？」

傑黑轉頭看着小紅帽。

54

「嗯？」小紅帽説。

「確實有⋯⋯」翰修冒汗，「但，不管怎樣説，你的説法太牽強了。」

傑黑的想法未必正確，但，不能不承認，事件有不少奇怪之處，有待解釋。

翰修朝米莎看去。

調查她的失蹤時，線索顯示犯人大概是「豬兄弟」。

「從她那裏應該可以問出多點頭緒。」他心想。

半小時後，大伙兒集合起來。

沒有人找到出口。

堅尼、柏基、費士文、米莎感到躁動不安。

他們受困的時間愈來愈久，心情也愈來愈焦躁。

翰修的目光在木房間巡迴一圈。

「**為什麼木房間要做成倒轉呢？**」

這一點始終令他很在意。他隱約覺得其中有什麼緣由，解開謎團的話或許能找出活路。

翰修的腦海出現兩個自己，為解開木房間倒轉之謎進行討論。

不過兩個幻影一言不發，各自各想事情。

「麻煩你們説點東西。」翰修對兩個幻影説。

「唉。」他們同時發出一聲嘆息。

「你們怎麼這麼討厭？」翰修不禁道。

「我們就是你呀。」他們沒好氣道。

兩個幻影互看一眼，照翰修所説進行討論。

4. 進入木房間

「有件事我覺得怪怪的，但不知道跟木房間反轉有沒有關係。」「你是說 井字遊戲 的事嗎？」

「對。」「我也有同感。圓圈怎會這麼笨，下在交叉旁邊？誰都知道應該下在 **井字中心** 呀。」

「不，我不是説這件事。我覺得奇怪的是，犯人為什麼用井字遊戲提示我們注意天花板，而不是

箭咀 之類？這不是很突兀嗎？」「也是。或者我們一開始就搞錯了，那個井字遊戲根本不是提示，也不是犯人畫的。」「那麼會是誰畫的？還有誰能夠畫這個東西？」「我猜是 **其他受害人。**

除了我們以外，多半還有別的受害人，曾經關在稻草房間裏。可能有人感到 **無聊**，玩起井字遊戲來。」「不會吧，就算真的曾經有人玩井字遊戲，也應該畫在地上呀。」

「等一下。」翰修打斷兩個幻影的對話，並讓他們消失。

他相信自己 **破解了木房間倒轉之謎**。

5. 顛倒真相

翰修對小紅帽、傑黑、堅尼、柏基、費士文、米莎發表他的想法。

「各位，我在想，這個地方可能設有某種機關。」

「」堅尼說。

「嗯，一種轉動的機關。」翰修說，扭動手腕，「我估計，整個木房間受這個機關控制，可

以**一百八十度轉動**。現在木房間這個樣子，並不是原本的狀態。因為犯人啟動了機關，才會變成倒轉。」

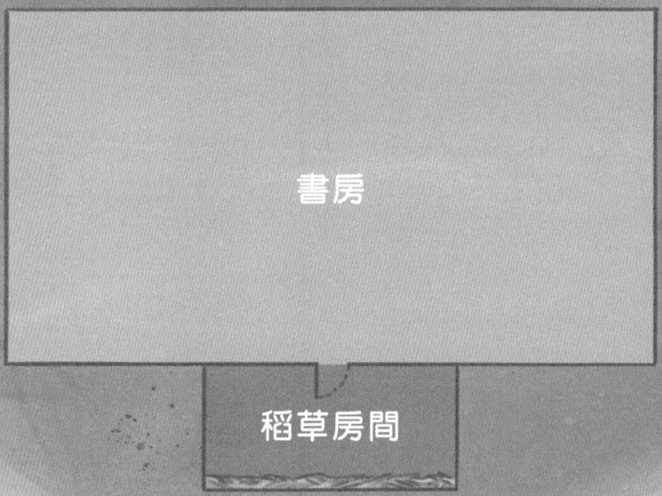

書房

稻草房間

書房側視圖（一）

「只要再啟動一次機關，房間就會 **回復正常**。」

書房側視圖（二）

　　總的來說，木房間其實跟一般書房無異，只是因為**開啟了機關**，才會反轉過來。

　　因此稻草房間不是建在木房間下面，而是上面，像**閣樓**之類。亦因此，井字遊戲不是畫在天花板上，而是地板上。

翰修就是以「**其他受困者在地上玩遊戲**」為基礎，想出轉動機關來。

「木房間裝設了機關，可以轉動？……」大家給這個想法嚇倒。

「要是我們找出機關的開關，把房間再反過來，恢復原狀，可能可以找到 **出口**。」翰修提議把開關找出來。出口會在木房間恢復正常後出現，也不一定。

反正目前**茫無頭緒**，這個提議值得一試。

大伙兒四下張望。開關會在哪裏呢？

「假如木房間能轉動，有個地方我認為有可疑。」翰修說。

「是書。」傑黑捶捶掌心，「書架上的書不會是真書，不然房間一轉就會全掉下來。」

「對。」翰修説，望着堅尼、柏基、費士文，「你們在書架找出口時，有沒有留意到**異樣**？」

「我不知道。我沒有查看書架，那是柏基和費士文負責。」堅尼説。

「你在説什麼，那是你和費士文負責才對啊。」柏基説，與他互相推卸責任。

「我**一看到書**就想睡，所以沒有碰過書架，哈哈。」費士文笑道。

「……」翰修冒汗。

「你們這樣**馬虎**，一輩子困在這裏也是活該！」傑黑説。

小紅帽二話不説，隨手檢查其中一個書架。

書架上的書原來都只是**空殼**，所有書殼跟夾板連在一起，整個書架活像一道門。

小紅帽把門拉開來，發現內裏是**空心**的，裝了水桶、地拖等清潔用品。

這些書架原來是櫃子，貯存了不同的東西。眾人立刻分散開來，把所有書架櫃檢查一遍。相繼找到乾糧、食水、木柴、夜光石等。

「是我的**背囊**。」傑黑也找回他的背囊。

可是，檢查完畢後，沒有看見任何開關。

翰修的推測合理，但**不正確**。各人不禁感到氣餒。

「起碼我們找到食物和水，不用挨渴、挨餓。」費士文嘗試叫大家振作。

傑黑記起什麼，突然叫出聲。

「即使找不到出口也不要緊。」他從背囊裏掏出一個**炸彈**，「我的身上帶了一些炸彈，可以

用來把牆壁炸開來。順帶一提，我擁有**初級、中級跟高級爆破證書。**」

「又在那裏自吹自擂……」小紅帽説。

「太好了！」堅尼、柏基、費士文、米莎歡呼道。有炸彈的話，再 **堅固** 的牆壁也可以破壞。

「我不贊成使用炸彈。我怕稻草房間的意外會再發生。」但翰修反對道，「依我所見，木房間建在地底下面，假如我們使用炸彈，可能會造成 **泥土崩塌**，把我們活埋了。」

「噢……」大家失望道。

傑黑的炸彈不管用，始終只能找出口逃走。

七人再次分開，搜尋轉動機關的開關。

「這一回請不要再那麼 **馬虎**。」傑黑提醒堅

尼、柏基、費士文。

米莎走到一口窗子去，翰修跟在她後面。

小紅帽 **跳** 起來，抓住步道的欄杆，爬到步道上，在木房間上方搜索。

「你小心啊！」傑黑緊張道，視線尾隨着她。

無意中，傑黑發現房頂上一張桌子的正下方就是一盞吊燈，一上一下位置對稱，有如對方的倒影。

「那盞吊燈跟那張桌子會不會是**一對開關**？」傑黑想，朝吊燈跑去，研究一下。

開關不見得只有一個。要是天花板、地板各設一個開關，不管木房間處於什麼狀態，都可以啟動機關。

可惜傑黑 **猜錯了**，那盞吊燈並不是開關。

「唉。」

嘆氣之際，聽見窗子的方向有。

傑黑向那裏望去，見到翰修正抓着米莎的翅膀，神情嚴肅。

「把你被抓的經過再說一遍。」翰修**厲聲**道。

「**快放手！**」米莎露出害怕的神情，「我已經說了**三遍**了，你還要我說多少遍？」

5. 顛倒真相

翰修認為這件事的**幕後黑手**是綽號「豬兄弟」的罪犯，因此找可能跟他們有接觸的米莎確認。

「豬兄弟」是在萊因城活動的小型犯罪集團，共有三人。他們**極之狡猾**，做過多件欺詐的勾當，騙人無數，連騙子也上過他們的當。

雖然如此，沒有人知道這三個人的真面目。因為他們的行騙手法**非常高明**，犯案時總是進行喬裝，事後也不會留下線索。大家只知道有這樣的**欺詐集團**存在。

翰修也是花了好一番工夫，才查出米莎的失蹤或者與「豬兄弟」有關。

滿以為跟米莎傾談後，就能確定他的推理，想不到她未能提供有用的**情報**，於是他只好不斷叫她覆述她的故事，看看能不能找出什麼資訊。

「**住手**，你怎麼可以這樣對一個女人？」費士文仗義道，抓住翰修的肩頭。

「你滾開。事情和你無關。」翰修撥掉他的手。

「怎麼了，**你想動手嗎？**」費士文不快地道。

「對不起，他沒有那個意思。」傑黑馬上跑過去，向費士文賠罪。他看着翰修：「夠了，你做得太過分了。」

翰修所以會這麼着緊，**打破沙鍋問到底**，並不是因為急着調查真相。

真正的原因是，他懷疑妹妹曾經落在「豬兄弟」的手上，他要盡快查清楚。

「你也別管我的事。」翰修冷酷地對傑黑説。

「怎麼可以，我可是**你的朋友**啊。」

「朋友？」翰修冷哼一聲，「你們才不是我的朋友。我們是因為**互相有 利用價值**，才會走在一起。當中一點友誼也沒有。」

傑黑聞言呆了一呆。

「喂，你是什麼一回事，竟然對朋友説這種話！」費士文説。

翰修**不理睬**他，瞪着米莎。

「再説一遍你的經歷。」

「我不要……」她害怕道。

「**不要再亂來了！**」

這時小紅帽跳過來，解救米莎。她抓起翰修的手，與他對看。

「嘖。」翰修扭頭走開了。

米莎感謝小紅帽救了她。

「謝謝你。」

「不客氣。」

傑黑望着小紅帽。

「這個 **世界** 恐怕只有你能搞定翰修。」他笑道。

小紅帽拍拍自己的胸膛，表示「好説」。

「那個……剛剛翰修的話不是他的 *真心話*，不要放在心上。」她對傑黑説。

「你……」傑黑露出 驚恐 的表情。

「幹嗎了？」

「小紅帽不是這樣 細膩 的人，你是誰？」傑黑説。

小紅帽嫣然一笑。

下一秒，傑黑的臉腫得像豬頭。

「柏基，你的情況如何？……」原來堅尼把他看成是**豬**，「咦，你不是柏基，你是誰？」

另一方面，真正的柏基發現了什麼。

「你們*過來一下*。」

6. 柳暗花明

柏基注視着牆上的掛畫。眾人圍攏起來。

「有幅畫有些古怪。」柏基説，望一望傑黑，「哥哥，你怎麼會在這裏？——不對，你不是哥哥！」

「你説的是這幅畫吧？」翰修指着一幅掛畫説。

那幅畫畫了個夕陽，一半沉了在水平線

後。其他畫都是倒轉的，只有它沒有。

「我認為這是開關。」柏基說，扶着夕陽畫，「我試試能不能**轉動**它。」

大伙兒屏息靜氣，等待結果。

傑黑忍不住打了個寒噤。他的衣服仍然**濕淋淋**，感到有點冷。

柏基抓着夕陽畫，朝 **逆時針**方向 轉動。可是動不了。

「你猜錯了嗎？」米莎問。

「還不能肯定。」柏基說，反轉方向，朝 **順時針**方向 扭動。

這次夕陽畫動了。那確實是開關。

「**幹得好！**」費士文拍打柏基的肩膀。

他不好意思的摸摸頭。

「你們準備好了嗎？準備好的話我就開動機關了。」

「你開動吧。」其他人說。

柏基點一下頭，稍微使勁，把夕陽畫一百八十度扭轉。

木房間隨即發出**低沉的隆隆聲**，並震動起來。他們歡喜地看着對方。

「哈啾！」

偏偏，這時候，傑黑一個不小心，打了個噴嚏！

「吼——！」他一眨眼變成碩大的、毛茸茸的**人狼**！

「麻煩了。」翰修說。小紅帽立即按着傑黑。

堅尼、柏基、費士文、米莎呆了一秒。接着

78

6. 柳暗花明

「」的一聲，作鳥獸散。

這觸發了傑黑的 **捕獵慾望**。他甩開小紅帽，盯着四人，挑一個目標追捕。

柏基向傑黑的 **反 方 向** 奔跑。木房間正緩緩的旋轉，天花板（對他們而言是地板）因此傾向右邊。

柏基回一回頭，發現傑黑竟然正追着他！

「為什麼是我？」他嚇得 **流出鼻涕**。

79

傑黑像 **野獸** 那樣，四肢着地，追逐柏基。

一盞吊燈妨礙了他，他毫不遲疑的把吊燈撞開。斷掉了的吊燈即時隨着 *傾斜的* **天花板**，滑去一邊。

因為木房間傾側了的關係，稻草房間裏的積水隨着稻草流了出來。

「 哎呀！ 」柏基給這些流水滑倒，有如保齡球般滾動。

　　與此同時，木房間轉動了約四十五度，柏基、傑黑再也不能對抗**地心吸力**，掉了去書架櫃、天花板的接合處。

　　傑黑連續**滾**了幾圈，但他很快就穩定身子，繼續前進。

　　反之柏基仍眼冒金星，動彈不得。

　　「**吼！**」傑黑大叫一聲，朝他撲去。

冷不防，費士文跑到他跟柏基之間，拉開書架櫃的櫃門，阻止他的飛撲！

啪嘞！櫃門應聲撞破，木片、木屑四散。撞到櫃門的傑黑越過柏基，倒在另一個書架櫃上。

木房間的格局不斷改變，此時天花板、步道、地板成了「牆壁」，一排的書架櫃成了「地板」。

「快走！」費士文對柏基説。柏基連忙掉頭跑。

撞壞了櫃門的書架櫃正好儲藏木柴，費士文抓起兩根柴枝，充作武器。

傑黑非要捕捉柏基不可，於是與費士文展開搏鬥。

費士文的體格算很魁梧，可是始終不能跟

人狼相提並論，難以匹敵。他拿着的那兩根柴枝很快給傑黑咬成兩根筷子，節節敗退。

「呀！」退着退着，費士文踩到稻草房間流出來的流水，跌了一跤──

傑黑趁機作出攻擊，狼揮狼爪──

「喝！」可幸，小紅帽沿着與書架櫃平行的步道欄杆，疾走過來，把傑黑踢開！

費士文的額頭給狼爪劃傷了一點。再慢個一秒的話，就 **大事** 不妙 了。

小紅帽取出一根繩子，把傑黑紮緊。完事後舒一口氣，以手臂擦汗。

「只要等 三十分鐘 就行了。」到時傑黑就會復原。

堅尼、柏基、費士文、米莎全都嚇得 **魂飛** **魄散** ，翰修跟他們解釋傑黑的情況。

過了好一會，他們才安定下來。而機關也完成運作。

木房間在機關運作完後 **回復正常**，天花板在上面，地板在下面。

眾人踏了在步道上，他們一個個沿角落的梯

子爬到地下。

小紅帽把綑着了的傑黑安置在一張梳化上。他的胸脯起伏不定，鼻子發出**粗糙的**呼吸聲。

之後他們在壁爐、掛畫對面的牆壁發現一個匙孔。

「之前我找過這個地方，肯定沒有匙孔。」米莎起誓道。

這是因為匙孔也暗藏機關，一旦木房間顛倒了，孔洞就會封閉

起來。事情跟翰修猜測的一樣。

木房間的 出入口 跟稻草房間的相同，堅尼照板煮碗，以鑰匙解開鎖頭，再用門柄拉開暗門——

萬萬想不到，門口給泥土、沙石以至樹幹堵塞了，**根本不能出去！**

「怎麼會這樣？」堅尼、柏基、費士文、米莎大失所望。

「開什麼玩笑……」小紅帽也説。

「我們會一輩子關在這個鬼地方，直至餓死！」柏基抱頭説道，跪了下來。

不知何故，犯人把他們丟了在這裏，不聞不問，柏基説的也不是不可能……

「不用這麼快死心。」誰知道翰修 氣定神閒 地道，「按照常理，房間應該還有另一個出口。」他也是剛剛想到。

「真的嗎？」堅尼、柏基、費士文説，掃視木房間各個角落。

另一個出口在哪裏呢？

「對不起，為你添麻煩了。」小紅帽代傑黑向

87

翰修道歉，説時人狼傑黑在梳化撒了泡尿。

「幹嗎突然這樣客氣？」翰修皺眉道。

「我們又不是朋友，還是 **客氣一點** 好。」小紅帽做個大鬼臉。

「……」

堅尼想了很久也想不出來，詢問翰修：「你説的出口究竟在哪裏？」

「答案在這東西上。」翰修搖搖兩根筷子般的 **柴枝**，「這裏儲存了木柴，説明 **壁爐** 不是裝飾，可以使用。也就是説，煙囱也是真的……」

「**另一個出口是煙囱口！**」堅尼、柏基、

費士文齊聲道。

「沒錯。」

照道理，煙囪應該有個煙囪口，接到外面，不然木房間會給**煙霧**悶死。

堅尼把頭探進壁爐裏，看看能不能看到煙囪口。

「怎麼樣？」費士文問。

「不行，**太暗了**。只有實際爬上去，才能確認狀況。」堅尼説。

煙囪相當寬，足夠讓任何一個人通過。問題是它起碼有五米高，不可能徒手爬上去。

「要是我們之中有**猴子**就好了。」米莎煩惱道，「怎樣才好呢？」

「你可以**飛上去**呀！」堅尼、柏基、費士

文說。

「這個**健忘**的戲碼還要玩多久？……」小紅帽說。

於是米莎銜着夜光石，爬進 **壁爐** ，用飛的穿過煙囱。

時間不知不覺過了半小時，傑黑變回人類，**昏睡** 在梳化上。

「有什麼發現，米莎？」堅尼進入壁爐，抬頭向煙囱方向問道，但沒有任何回應。他的聲音在煙囱裏打轉。

「米莎會不會自己飛走了？」柏基擔憂地問。

「不會吧？」費士文說。

翰修默默的站在壁爐側邊，靜候米莎的回音。

「哇——！」

煙囪裏突然傳出米莎的叫聲。隨後她整個人掉下來，壓在堅尼的身上。

「一時不小心，摔了下來，幸好**安全落地**。」米莎拍拍自己的胸口。給她壓着的堅尼則趴在地上*抽搐*了幾下。

「我們能從煙囪離開嗎？」柏基問。

米莎沒有說話，**表情微妙**。

米莎跟大家報告，煙囪確實有個開口。

「不過煙囪口外面是寬闊的**地下洞窟**。」

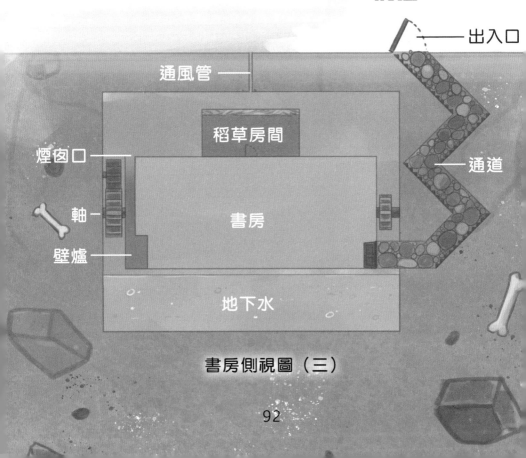

書房側視圖（三）

6. 柳暗花明

他們所待的木房間建在洞窟裏，由兩支橫軸支撐，構造類似**抽獎**的轉箱；洞窟頂部有條通風管，接通地底、地面，令空氣保持流通。

「所以我們可以由**通風管逃出去！**」堅尼十分高興。

米莎頓了一頓。

「本來是可以。但通風管**很窄**，就連最細小的我，也鑽不進去。」她搖頭道。

「即又是**死胡同**嗎？」柏基灰溜溜道。

翰修若有所思。

「不，那不是死胡同。」過了片刻，他開腔道，「你們忘了我們有**炸彈**嗎？」

「對！」堅尼、柏基、費士文瞪大眼睛。

之前因為對木房間外的環境一無所知，他們

不敢亂用炸彈。但如今他們掌握了足夠的資料，情況就不一樣了。

「我們可以用炸彈把**通風管炸開**，製造出口。」翰修説。

他的想法是由米莎做**先鋒**，在通風管放置炸彈，炸一個缺口。之後再在那個缺口、煙囱掛一條繩子，給其他人攀爬，那大家就可以逃脱了。

「就這麼辦吧！」堅尼説。

所有人都認為這是**好主意**，只有米莎例外。不過那是出於**不理智**的情緒，因為翰修欺負過她。

大伙兒照着翰修的做法，展開行動。最終全數逃出地面。

7. 置身巨型密室

　　最後爬到地面的是小紅帽跟傑黑、堅尼——小紅帽一個人背着傑黑、堅尼，抓着繩子，爬過煙囱和通風管。

　　「**好累！**」事後她大字型趴在地上。

　　因為傑黑還沒有醒過來，得有人背他離開。至於堅尼⋯⋯

行動前，堅尼尷尬地找小紅帽。

「不好意思，我有**畏高症**，不敢爬高。」他臉紅地道，樣子比平時更可愛。

「請你不要**臉紅**……」小紅帽受不了，所以把他也背起來。

「你怎麼不叫我**幫忙**背堅尼？那你就不用這麼累了。」費士文對小紅帽說。

「現在才說這種話……」

休息夠後，小紅帽翻轉身子，看清木房間外的世界。

七人置身在一座**孤島**上。島的一邊是高山，長滿青蔥的草木；另一邊是沙灘，沙粒潔白幼細，間或看見椰樹等熱帶植物。

天上可以看到可愛的太陽，時間約莫是中午。

從高處俯瞰，島嶼猶如一塊 **綠中透白的翡翠**，放在碧藍的緞布上。

這是一座優美的島嶼，説是 **天堂** 也不誇張。

「但周圍怎麼亂糟糟的？」小紅帽説。

觸目所及，所有事物 **亂成一團**，樹木折斷，遍地樹枝、樹葉，山泥傾瀉，地上甚至看見多條死魚。

「這應該是 **風暴** 造成的。」翰修推斷道。

97

翰修猜得不錯，島嶼因為遭到風暴破壞，變得一片狼藉。

木房間也是因為暴雨引發 **土石流**，導致出入口淤塞了。

「我想這座島是把我們抓來的犯人運送奴隸的 **中途站**，而木房間是休息室。」翰修揣測道，「犯人把我們抓起來後，用船送到奴隸買家那裏去。他們帶着我們，駛到這裏，略作停頓，殊不知遇上了風暴……」

他的設想聽起來 **很合理**。

「那犯人現在在哪裏？」小紅帽問。

「我不知道。」翰修説。

「他們不會是出了事故，把我們 **遺留** 了下來吧？」

「我不知道。」翰修仍是説這句話。

若是這樣就**糟**了，犯人不在的話，怎樣離開這個地方？島嶼四面環海，根本跟 **密室** 沒兩樣⋯⋯

「**有船！** 我看到有船！」説到這裏，聽到米莎的呼叫聲。

為了了解島嶼的地理情況，米莎飛了上高空，視察環境，意外發現高山的另一邊有個 隱蔽的峽谷 ，停了一艘船。

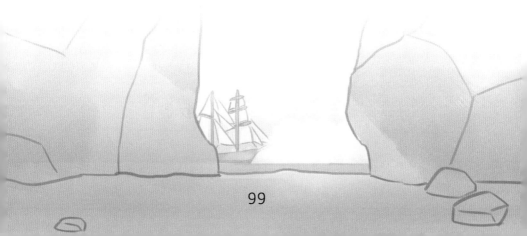

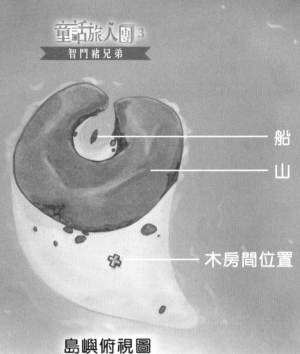

島嶼俯視圖

船
山
木房間位置

「那是犯人的船！」翰修説。

那艘船 **幸運地** 熬過風暴，沒有沉沒，他們還有一絲希望！

不一會翰修、小紅帽、堅尼、柏基、費士文、米莎集合起來，**商量下一步行動**。

傑黑也想加入討論（他在不久前蘇醒了），奈何感到力不從心，爬不起身。

「你有點**發燒**，躺下來好好休息吧。」小紅
帽説。

「不行，我不能躺在一旁躲懶。」傑黑竭力撐
起身子。

「你怎麼説不聽？你再不休息的話，從此可
能會 **一睡不起**！」小紅帽説完，使出迴旋踢，
把傑黑踢暈。

「你這樣做才會令他一睡不起吧！」堅尼、柏
基、費士文説。

「他的**靈魂**從嘴巴跑出來了！」
米莎驚呼道。

在失去意識前，傑
黑跟翰修四目交投。

「好好睡一覺，把事情交給我們。」翰修用眼神告訴傑黑。

停在峽谷裏的船是他們的**逃生希望**。理論上前往峽谷有三條路徑：海路、陸路和空路。

不過山路太**陡峭難行**，某些部分甚至是垂直的，不可能翻越。因此只剩下海路、空路兩個選項。

「飛過去的話，大約 🕐 **二十分鐘** 就到。」米莎估量道。

問題是只有米莎能飛翔，其他人都不會飛。

「**有一個人會飛就夠了。**」翰修指出大家都想錯了，對米莎説：「可以由你飛去峽谷，再把船開過來。」

「對啊！」堅尼、柏基、費士文説。

「**我不會開船。**」米莎哼的一聲，把頭別開，不願意看翰修。

「你為什麼不看我？」翰修問。

「她仍在生你的氣。」小紅帽説。

「做人不應該這麼 **小器** 的。」翰修説。米莎氣得羽毛都豎起來。

「要 **反省** 的是你才對吧……」小紅帽説。

空路也行不通，那就只剩海路了。

費士文表示他可以游去峽谷開船。

「我是捕魚的，懂得開船，這簡直是 *為我而設的任務！*」費士文扠腰道。

他跑去海邊，瀟灑地跳進水裏——

「救命！」但他一下水就遇溺了。

「你是 漁民 還好意思溺水⋯⋯」翰修嘖嘖稱

奇。

小紅帽立刻衝去救人，把費士文拖回來。

「哈哈哈，我
失敗了。」他臉不紅耳不
熱地道，「我的腳好像
有些狀況。」

本來傑黑也可以
執行任務，他有多份

開船證書。不過他正在發燒，而且魂魄也給小紅帽踹飛了。

換句話說，海陸空三路都不行。

他們明明看見**生路**，但就是過不了去。

「怎麼辦？」小紅帽問翰修。

滿以為翰修會出什麼好主意，但他卻突然改變態度，一副愛理不理的樣子。

「沒有怎麼辦，只能等**船到橋頭自然直**了。」翰修說。

8. 多出一人

　　這件事的犯人是「豬兄弟」，他們抓了翰修、小紅帽、傑黑等多個人，準備把他們賣給別人做**奴隸**，並在販運他們的途中發生變故，遇上風暴。這是翰修的想法。

　　然而事情仍有不少疑問，像犯人碰到了什麼事，怎麼不見了？

　　還有犯人為什麼像 玩 遊 戲 那樣，給他們

幫助，解決困境？

不過現在大家最關心的是另一件事：怎樣取得停在峽谷裏的那艘船？

「什麼船到橋頭自然直，你怎麼可以這樣消極？」小紅帽**瘋狂搖晃**翰修。他感到快要吐了。

「你誤會了我的意思了。」翰修強忍吐意，「我想說的是，依我估計，只要再等一下，通去峽谷的路就會**自動出現**。」

「怎麼可能？」小紅帽說。

但翰修十分認真，不像開玩笑。

可是實在很難想像，通道晚一點便會自動出現。

翰修忍住嘔吐之際，堅尼煞有介事道：「對了，我在不久前發現了一件事。我覺得有必要拿

出來討論。」

他把多條**繩子**放在地上，那是他們醒來以前綁着他們的繩子。

「這些繩子有個地方**不對勁**。」堅尼説。

小紅帽拉一拉翰修。

「翰修，哪裏不對勁？」

「是繩子的**數目**。」

「我們總共有七個人，但繩子卻只有六條。」堅尼揭曉道，「這蘊含很重要的訊息，就是受困的從來只有六個人，有一個 不明人士 多了出來。」

「什麼？」小紅帽、柏基、費士文、米莎説。

「我認為這個多出來的人就是**犯人**。」堅尼説。

其實翰修早就察覺繩子的事，只是沒有說出來。

堅尼自覺比其他人**聰明**一臉得意，鼻孔張得老大。

「我不曉得犯人為什麼要混在我們之中，但無論如何，必須把他揪出來。」

堅尼說得不錯，**從一開始犯人就混了進來**，跟他們一起行動。

六人（不包括傑黑）互相仔細觀察，究竟誰是那個犯人呢？

「那個犯人是你吧？」小紅帽指着堅尼。

他不禁**小滑**了一跤。

「我怎麼可能是犯人？如果我是犯人，為什麼要沒事找事做，暴露自己的事？」他高聲道。

「很簡單，因為你想減輕自己的**嫌疑**，誤導大家你不是犯人。」

「有道理。」費士文說。

「才沒有道理！我是犯人的話，何必要把自己弄成**焦點**？」

兩人你一言我一語，爭吵起來。

「我不清楚誰是犯人，但肯定誰不是犯人。」米莎望向柏基，「柏基**年紀這麼小**，不可能會是犯人。」

她說得有理，策劃這些罪行的，怎麼說也不可能是個少年。

「我也不會是犯人。因為我是美女，而**美女是不會做壞事的**。」米莎續道。

「有道理。」費士文說。

8. 多出一人

「一點道理也沒有！」小紅帽拍他的肩頭。

「而且你也不是美女。」翰修說。米莎氣得
吱吱啾啾的叫起來。

他們愈談愈疑神疑鬼，互相猜疑。這群人本
來就是 **陌生人**，沒有信任可言。

「你們離我遠遠的！」終於，堅尼大喊，「*你們
每個人都有可疑*，都有機會是犯人！」說完
便獨自跑開，遠離人群。

「其實我也想逛一下這座島，看看有什麼東西。」其後費士文也脫隊，**到處遊覽**。這種時候還有心情閒逛，真是一樣米養百樣人呢。

「我想去找一找，會不會有其他道路，可以走到峽谷。」柏基也說。

不消一會，大伙兒**四分五裂**，只剩下翰修、小紅帽、傑黑和米莎。

米莎看一眼傑黑。

「傑黑有沒有好一點？」她跪在傑黑的旁邊，摸他的額頭，「好燙。」

傑黑的燒愈發嚴重，情況**相當不妙**。

「翰修，可不可以拿這條毛巾去泡水？」小紅帽拎起一條毛巾，那是用來替傑黑降溫的。

112

「不行，我很忙。」但翰修拒絕了她，追着一隻蝴蝶走了。

「你在 **追蝴蝶** 而已，哪裏忙了？」米莎嚷道。

小紅帽只好親自跑去海邊，把毛巾泡濕，敷在傑黑的額頭上。

「我不明白，你們為什麼要跟翰修打交道？」米莎**忿忿不平**道，「那個人自私自利、冷酷無情，不要說做朋友，連做人的資格也沒有。」

「你真的很恨他呢。」小紅帽忍不住道。

「就是他自己也承認，他跟你們沒有友誼，**為什麼你們還當他是朋友**，熱臉貼冷屁股？」

「你問倒我了。」小紅帽向來口才不好，一時語塞。

「你說得沒錯。」傑黑正好醒了，回答米莎。

「翰修的確有**很多缺點**，十根手指也數不完。」他氣若游絲道，「不過那只是他的一部分，不是全部。他也有善良的一面，只是藏得很深，不容易接觸。」

「翰修？善良？」米莎不敢置信地道。

傑黑點一下頭。

「他是個值得交往的人。」他笑道。

小紅帽露出同樣的笑容。

「別再說話了，快去睡覺。」小紅帽說，一拳把傑黑打暈。

「他的靈魂又跑出來了！」米莎說。

翰修跟小紅帽、傑黑或許認識了不是很久，但他們的感情相當深厚。

「蘋……果……」昏迷前，傑黑沒頭沒腦地道。

「蘋果？」小紅帽、米莎說

115

碰!

一個蘋果忽然從天空掉下來,發出巨響!

那個蘋果足足有小房子那麼大,**十分嚇人**!

「怎麼一回事?」米莎看着那個蘋果。

「有個蘋果從 **雲上** 掉下來。」小紅帽抬頭道。

才剛説完,更多蘋果掉下來,有紅的、青的、黃的……

天空居然下起 **蘋果雨** 來,這是哪門子的現象?

「哇!」小紅帽叫道,「看來 **很好吃** 的樣子!」

米莎差點沒摔倒。

一個蘋果落在她們的頭上,米莎連忙飛走,小紅帽也背起傑黑逃跑。

　　她背着傑黑，東奔西走，躲避一個又一個從天而降的蘋果。有些果實在着地後**爆開**，果肉、果汁濺到各處。

　　一個較小的蘋果掉在一棵棕櫚樹上，打橫**彈飛**。小紅帽急忙伏下來，蘋果恰好在她頭上掠過。

　　「好險。」她拭一下汗。

　　但，躲了一個**危機**，又有另一個。

　　七八個蘋果沿着山坡，滾了下來，形成縱橫夾擊的局面！

　　小紅帽迅速**爬到一棵樹上逃難**。不巧的是，其中一個滾動的蘋果撞到那棵樹，把他們抖了下來。

　　小紅帽飛快的整頓身心，閃避天上、地上的

蘋果。一些果實滾到海邊，落在水裏。

這場**蘋果雨**前後下了數十秒，結束後，整個島嶼變成了一盤蘋果沙律。

好驚險的經歷！（同時也很香甜。）

「不曉得翰修有沒有受傷？」小紅帽記掛同伴的安危，背着傑黑去找翰修。

路上先後碰到米莎、費士文。可幸他們都沒有損傷。

過了半晌，他們在**山腳**碰見翰修。堅尼、柏基也在那裏。

翰修與小紅帽互相點頭。

「我發現了一個山洞，或者可以**通到峽谷**！」堅尼對小紅帽、費士文、米莎說。

「那個**山洞**是你發現的？」小紅帽問。

119

「沒錯。」堅尼說，鼻孔擴張。

「要是我們能離開，堅尼有**很大功勞**。」柏基說。

山腳有個洞窟，也許通到峽谷。麻煩的是，洞口現在 **被一個大蘋果阻塞了**，進去不得。即使合眾人之力，也無法移動蘋果。

翰修思考一會，提出解決辦法。

「要排除這個障礙，只有**攜手合作**，不能鬧內鬨。」翰修說。

幾個人給他說服，暫時放下成見。

「我們可以合力在蘋果上挖洞，再鑽到山洞去。」

「**好辦法！**」堅尼、柏基、費士文說。

「挖出來的果肉還可以順便吃掉。」小紅帽
說。

於是六人**同心協力**，使用石頭之類的工
具，挖掘蘋果。

「**好難吃。**」小紅帽嘗了一口果肉，評價道。

費了好一番工夫，終於挖穿蘋果，通到山洞裏去。

洞裏黑得可以，不過他們有 **夜光石**，不成問題。

「我們進去吧！」堅尼以 **領袖** 的口吻説。

於是他們拿着夜光石，一個一個地走進山洞。

再過一會就可以上船，離開島嶼，獲得自由。他們 **滿懷希望** 地想。

但有一個人有不同的想法。他就是其他人口中的犯人，「豬兄弟」其中一員。

「你們的『遊戲』到此為止了。」他心裏奸笑。

山洞 **黑沉沉** 的，是暗算別人的好機會。

9. 力戰豬兄弟

　　在山洞的另一端，「豬兄弟」的大哥、二哥守

在洞口兩側。

　　因為他們聽到洞裏有人聲，所以跑了過來。

　　大哥是**運動健將**，個子不高，但肌肉結

實；二哥從前是工匠，**熱愛機械**，地底的木房

間就是他製作的。

　　大哥看看二哥，二哥的手上拿着自己製造的

武器 。那是一把手槍，槍口有個拳頭。那個拳頭會在開槍後彈飛出來。

　　兩人都穿了大衣，戴了帽子、頸巾，因此**看**不清容貌。

　　「這東西真的有用嗎？」大哥懷疑地道。

　　「當然有了！」二哥説。

　　「你總是喜歡做些有的沒的。」大哥沒好氣道。

　　二哥是個怪人，所以木房間才會做得古靈精怪。

就像翰修所推測，擄拐大家的元凶是「豬兄弟」。三人用船販運他們，並在登上島嶼休息時碰上風暴。

那是昨晚的事。三人把眾人丟到稻草房間，然後在木房間吃東西。過了不久，大哥、二哥擔心風暴會把他們的船吹壞，於是冒着風雨走去檢視情況。

誰知道，兩人在穿過山洞後被樹上掉下來的椰子砸到，暈了一晚。

直至剛才他們才被山洞的人聲吵醒過來。

「為什麼會有其他人走過來？難道三弟讓那些奴隸逃了出來嗎？」二哥問大哥。

「我也不曉得。」

不知何時開始，山洞安靜了下來，一點聲音

也沒有。

大哥跟二哥打了個**眼色**，要他小心。

不久，聽見細微的腳步聲。

「大哥、二哥，你們在嗎？是我啊！」接着三弟的聲音傳出來。

「是你啊。」大哥**鬆一口氣**，與二哥走到山洞前面，「你在搞什麼鬼，怎麼現在才過來？」

下一瞬，小紅帽快速掠出，對大哥*連出兩拳*，再踢一記 *迴旋腿* 。

「怎麼會這樣？」大哥嘀咕道，退後三步。

「我要替大哥解圍！」二哥一邊想，一邊握着他的**拳頭手槍**，瞄準小紅帽。雖然二哥的身材比大哥高大，但不擅長打架。

二哥開了一槍，不料拳頭卻射了到大哥那邊去！

「糟了！」

眼看拳頭要射中大哥的背脊，「刷」的一聲，大哥把背上的**利刺豎起**。利刺割破他的大衣，並把拳頭卡下來。

原來大哥是隻**箭 豬**。

「可惡，你們**挾持**了三弟嗎？」

大哥對小紅帽說。

128

原來，翰修老早看出誰是犯人，當大家在島上四散遊走時，他離小紅帽、翰修而去，是真的有工作，他要去**監視犯人的行動**，並在剛才通過山洞時把犯人制服了⋯⋯

挖穿大蘋果後，一行人手執夜光石，深入**山洞**之中。通道逐漸變寬，頂部也愈來愈高，有三四米高。

山洞黑沉沉的，是**暗算別人**的好機會。走在最後的翰修低聲告訴小紅帽誰是犯人。

「山洞另一頭恐怕有他的照應，我們得在這裏把他**制服**住。」

「好，讓我把他抓起來。」小紅帽拍拍胸膛。

「你一個人可以嗎？要不要找其他人幫忙？」

「我一個人就夠了。」小紅帽說，放下背上的傑黑。

接着，黑暗中，**夜光石一顆一顆掉到地上**——小紅帽在極短的時間把所有人打暈，並綁了起來。他們連叫也來不及叫。

「你怎麼把其他人也綁了？」翰修問。

「我怕他們**礙事**，以防萬一嘛。」小紅帽說。

待犯人醒來後，小紅帽盤問他：「告訴我，你有哪些同黨？」

誰想到，事敗的他**閉口不語**，什麼都不肯說。

「看你可以再**嘴硬**多久。」小紅帽一邊嘴角翹起，把犯人吊上高處。

「我什麼都説了！」犯人**崩潰地**

道，並據實相告。

「待會走到出口，幫我們**試探**外面的情

況，知道嗎？如果你不聽話，我會給你好看！」

小紅帽抬頭道。

「我知道了！」犯人説。

翰修給小紅帽一隻 **大拇指**。

「老實説，跟翰修比起來，我已經**很仁慈**

了。」小紅帽説，一面把犯

人放下來。

因此，大哥、二哥聽到三弟說「大哥、二哥，你們在嗎？是我啊！」，是因為他受到脅迫。

「**好卑鄙**，快把三弟還給我們！」二哥對小紅帽說，彷彿他們才是**受害者**。

「我們卑鄙？你們把事情倒了來說吧！」她禁不住道。

話還沒有說完，大哥縮作一團，變成**全是尖刺的球**，向小紅帽衝過去！

她沒有辦法碰對方，只能橫身閃躲。

大哥立刻停下來，掉過頭後繼續衝向小紅帽。這個狀態的他可說是 **無敵**。

這一趟小紅帽卻沒有避開他，反而迎了上去。

「嗯？」大哥有點 **困惑**。

只見小紅帽踏前一步，伸手捉住卡在利刺上的 **拳頭**！這個拳頭給了她着力的地方！

「喝！」接着小紅帽大呼一聲，把大哥拋到樹上。他的利刺直插進樹幹的深處，令他 **動彈不得**。

「該死！」他不忿地叫喊。

「收拾了一個。」小紅帽 **拍拍雙手**，望着二哥，「接下來到你。」

「不用客氣了。」二哥立即 擧起 白旗 ，表示投降。

一行人幾經努力，終於可以登到船上。

不但如此，還收伏了「豬兄弟」所有成員。

時至下午，眾人為 起航 而作準備。

費士文站在船上，指揮其他人檢查船的狀況，並把航行時需要的東西從木房間搬到船上。

傑黑躺在船艙裏某張牀上，痛苦的低吟。他的病 惡化 得很快，必須盡快找醫生醫治。

小紅帽愛莫能助，只有不斷替他換濕毛巾降溫。

這個時候翰修卻 不見人影 。

因為他跑了到監禁「豬兄弟」的船艙，審問

奴隸買家的事。

他的**妹妹**或許在對方手上。

「你怎麼猜到我是犯人？」三弟不忿氣地對翰修說。他跟大哥、二哥被綑在一根柱子上。

「我沒有必要跟你解釋。快告訴我奴隸買家的事情。」翰修不耐煩地道。

「除非你回答我的問題，否則我們什麼都不會說。」三弟*頑固地*道。

翰修不想再浪費時間，只有讓步。

「我很早就留意到繩子的數目不對……」

翰修因此想到**犯人混了在他們身邊**。不過他不知道犯人是誰，也不知道犯人的目的是什麼。

直至他們逃出地面，他才建構出事情的始末：

由於風暴的關係，犯人跟他們一起困了在地底，無法外出。

島嶼因為遭到風暴蹂躪，變得一片狼藉。

木房間也是因為暴雨引發土石流，導致出入口淤塞了。

當時犯人只有一個人，同伴跟他分開了（翰修不曉得原因），只靠他自己一個的力量絕對沒有可能逃出去。

於是他實行一個**大膽的計劃**。他爬進稻草房間，裝成他們一份子，利用他們幫他逃走。

這解釋了多個**謎團**——為什麼犯人讓他們從昏迷中醒來，又給予種種協助？因為他跟他們有相同的目標：盼望逃走。

後來事情有很多意想不到的發展，犯人也犯了一些錯誤，像把稻草房間的門鎖了，不過最終計劃都**成功**了。

「但，逃到地面後，又有另一個問題。」翰修對三弟說，「由於大家總是待在一起，你沒有法子靠近**你們的船**。為了製造機會獨自行動，你故意跟其他人說犯人在我們之中，*引起內鬨*。」

*「你們離我遠遠的！」*終於，堅尼大喊，*「你們每個人都有可疑，都有機會是犯人！」*說完便獨自跑開，遠離人群。

三弟皺起鼠鼻，他正是堅尼。

「豬兄弟」三個成員分別是箭豬（大哥）、水豚（二哥）、豚鼠（三弟）。

那時翰修已鎖定堅尼是犯人，加上他相信必然有**秘道**通到停船之處，因為犯人不可能把船

停在難以往來的地方，所以**暗中跟蹤**堅尼。

　　最後，果然發現堅尼直接走去山腳的一個洞

穴……

　　「夠了。説了這麼久，你還是沒有説到重

點。」堅尼打斷翰修，**語氣惡劣**，「為什麼你會

知道我是犯人？」

　　「是木房間給我提示。」他忍耐脾氣道，「木

房間本應在稻草房間下面，但犯人在爬進稻草房

間前啟動了機關，把建築反轉了。」

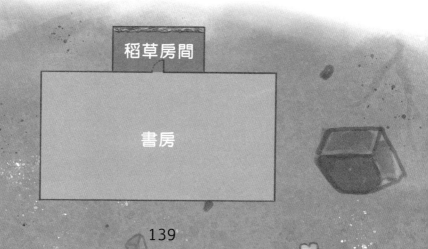

「為什麼犯人要做這種事？我想了很久，認為只有一個答案——要是木房間處於正常的狀態，犯人便沒有辦法進入稻草房間。在 **正常** 的狀態，犯人要架起 **梯子**，爬最少五米那麼高才能進入稻草房間，而他做不到。」

堅尼「噢」了一聲，露出「原來是這個 **出賣我**」的表情。

「理由我只能想到是犯人有 **畏高症**。」翰修指着堅尼，「所以我認定你是犯人。」

行動前，堅尼尷尬地找小紅帽。

「不好意思，我有畏高症，不敢爬高。」

翰修總是心清眼亮，沒有事情能逃過他的眼睛。

140

「好了，我什麼都說了出來，到你們了。」翰修說。

「哈哈，你上當了，我們一個字也不會說！」堅尼大笑道。

「傻瓜、蠢材！」大哥也跟着弟弟一起笑。

「你們這些騙子……」翰修露出**憤怒的神情**。

「大哥、三弟，我覺得好像不要違抗他比較好。」二哥有*不好的預兆*。

才說完，翰修發出駭人的殺氣。

「說實在，我有數不清的手段，可以逼你們

說話，但我盡量都不想使用。」翰修一字一頓道，

「只是你們 **欺人太甚** 了，我沒有別的選擇。」

堅尼、大哥、二哥大冒冷汗。

下一秒，他們的船艙傳出 凄厲的笑聲

（？？）。

10. 值得交往的人

　　翰修問出不少奴隸買家的情報，包括住址。全速航行的話，一天多就可以到**奴隸買家**的居所。

　　翰修匆匆跑去找費士文，大家選了費士文做**船長**。

　　中間經過小紅帽、傑黑的船艙，但他沒有停下來。

143

他很快便跑到船長室。

「可以 **起航** 了嗎？」翰修問費士文。

「隨時都可以。」他作出「沒問題」的手勢，「我們駛去哪裏呢？」

「最近的陸地。傑黑病得很重，得找 **醫生** 看他。」翰修一刻也沒猶豫。

翰修有很多缺點，**十根手指也數不完**。不過那只是他的一部分，不是全部。

他也有善良的一面，只是藏得很深，不容易接觸。

他是個 **值得交往的人**。

「快。」翰修催促費士文道。

過了不久，他們的船駛出峽谷，駛離島嶼。目的地是 **鳥獸國**。

井字遊戲

一樹：稻草房間的井字遊戲只玩到一半，如果交叉想贏，應該要怎樣玩呢？

翰修：很簡單。先把交叉下在旁邊的角落，這樣圓圈就必須堵住中間。接着再把交叉下在中心，那圓圈就輸定了。你不是大人嗎，腦袋怎麼這麼笨？

一樹：《童話旅人團》將會改名為《童話二人組》。

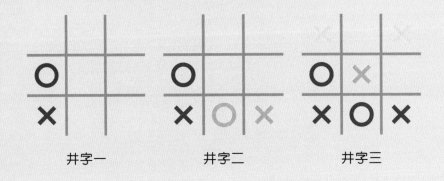

井字一　　　　　井字二　　　　　井字三

豬兄弟

一樹：「豬兄弟」三個成員並沒有血緣關係，也不是豬，為什麼
　　　會改這個外號呢？那是因為箭豬、水豚、豚鼠其實屬於同
　　　一個分類：嚙齒動物，可以說是親戚；而「豚」跟「豬」是
　　　一樣的意思，所以他們起了這個稱呼。

堅尼：事實上豚鼠是不是屬於嚙齒動物，是有爭議的，身為作者
　　　也不做功課，你也太懶了吧？

一樹：……

作　　　者	一樹
責任編輯	周詩韵
繪圖及美術設計	雅仁
封面設計	簡雋盈
出　　　版	明窗出版社
發　　　行	明報出版社有限公司
	香港柴灣嘉業街 18 號
	明報工業中心 A 座 15 樓
電　　　話	2595 3215
傳　　　真	2898 2646
網　　　址	http://books.mingpao.com/
電子郵箱	mpp@mingpao.com
版　　　次	二〇二〇年七月初版
I S B N	978-988-8687-03-9
承　　　印	美雅印刷製本有限公司